이희숙 시집

실버타워 사람들 II

— 우리 모두는 여행자

한누리미디어

| 추천의 글 |

이번에 상재하는 이희숙 시인의 시집 '실버 타워 사람들 · II' — 《우리 모두는 여행자》는 보이스 피싱으로 인해 겪게 된 인생 실패에 대한 자책과 반성을 곁들인 고백록으로 작품마다의 근간이 매우 처절하다.

옛말에 도둑을 맞으려면 개도 안 짖는다고 했다. 모든 것이 순조롭게 거침도 없이 단, 하루 만에 가지고 있던 통장 잔액을 모두 털어버린 일은 평생 가도 있을 수 없는 일이다. 참말로 무서운 일을 당하고 나서 무슨 일이 손에 잡히겠는가.

그러나 이희숙 시인은 다행히도 글을 읽고 그곳에서 소생의 길을 찾고자 애쓰고 있다. 그 여정 또한 무서운 기억의 회상이므로 또 한 번의 상처 덧내기였다.

사실 진행된 일련의 과정을 보면 이미 휴대폰을 열고 통화하는 순간에 모든 것이 감염되어 어디로 전화를 해도 그들과 연결되는 범죄 그물망에 갇히는 구조였다. 심지어 아들이라 폰에 심어주며 은행 직원을 바꾸도록 했다. 그리곤 아들인 척 전화로 엄청난 쇼를 한 것이었다

그는 '내가 서 있는 이 자리, 내가 만난 이 순간, 이 사람이

내 생애의 징검다리가 된다는 것을 몰랐다' 고 고백을 한다. 악인이든 선인이든 세상 모든 이들은 나와 연관되어 인연을 갖고 이 세상을 함께 살아가고 있었던 사실이 새롭게 느껴지는 순간이다.

이미 지나간 악몽 같은 일은 특히, 말년의 노후자금은 노인의 생명이나 다름없는 의미를 가진다. 그러나 그를 이겨내고자 수많은 명구명절을 찾아 읽으며 벗어나려고 하는 발버둥을 보며 3자인 나조차 자책감을 갖는다.

그 일이 있은 후 2년이 지났지만 생생하게 떠오르는 그 날의 진실을 피로 눌러 쓴 이희숙 시인의 인생 고백시집 '실버타워 사람들 · II' — 《우리 모두는 여행자》야말로 새로운 인생 창조의 지침서가 되리라 기대해 본다.

더불어 남은 여생 이희숙 시인의 강건하심을 기원한다.

2024년 초여름

전) 용인문인협회 회장 **함 동 수**

차례

제 2 부

차례

제 3 부

제 4 부

차례

제 5 부

제6부

제 1 부

우리 모두는 여행자

우리 모두는 여행자 · 1

2022.12.12 불시착한 나의 여정에서
나는 어린 왕자가 그린 모자 속의 코끼리가 되어
전화선을 타고 온 뱀의 혀에 휘말려 통장 4개 잔고가 다 사라졌다

*보아 뱀은 코끼리를 씹지도 않고 통째로 삼킨 뒤
움직일 수 없어서 먹이가 소화될 때까지 6개월 동안 잠잔다는데
잠에 취한 듯 나는 전화선 지시에 따랐다

처음 발급한 농협카드 결재 1,276,000원은 원목 가구 구입이라 떴다
구매한 적이 없다고 신고 후, 접수받았다며 마포경찰서 박경진 경사라며 국민은행 문래동 끝자리 725 범죄 연루된 통장이 개설되어 있단다
'이 나이에 연루라니' 하고 덜컥 겁을 집어먹었다

02-114로 서울중앙지검 검찰청에 문의해 보란다
알려주는 번호에선 내게, 사건번호 2022 형제 1458번을
사이버 수사팀이 합동조사 중이란다

메모하지 마라 조사 후 문서로 보내준다고—

114는 KT인 줄만 알았던 나는
모자 속의 코끼리가 되고 말았다

*〈어린 왕자〉 앙투안 드 생텍쥐페리

우리 모두는 여행자 · 2

작년 교통사고 때 죽었으면 끝났지!
그런데 지금 살아 있지 않느냐

죽을 때 빈손으로 가지 않느냐 다독여 보지만
집 전화가 앞에 있어 순간순간 틈도 있었는데
요금제 폰만 쓴 죄다

*언젠가부터 창 앞에 새가 와서 노래하고 있는 것을
나는 모르고 있었다

이젠 네 시간째 문 열린 냉장고 삑삑 소리도 듣지 못하고
가스 불에 찌개가 까맣게 타도 모른다

*〈접동새〉 황금찬

우리 모두는 여행자 · 3

내가 서 있는 이 자리 내가 만난 이 순간 이 사람이
내 생애의 징검다리가 된다는 것을 몰랐다

*한평생을 왜 생애生涯라 했을까
날생生 옆에 끝애涯 낭떠러지 뜻을 붙였을까

나이를 덜 먹었든, 더 먹었든 정신줄 잡고 있을 때
이곳이 마지막 생의 길목이다

고려장高麗葬도 한참 지났는데 알량한 자존심이 또아리 틀고 앉아
늙지 않을 것처럼 고개 세웠던 못난 짓

밖으로만 나돌았던
때늦은 후회로 죽비竹篦가 내리친다

*〈몌별袂別〉 최명희

우리 모두는 여행자 · 4

흔히 고통은 타인으로부터 온다고 하더니

나 아니면 누구도 나를 해치지 않는다
'해킹 흔적이 있다 하더니 명의도용 되었다 돈을 찾아두라
그리곤 그 돈은 범죄에 해당된 돈 수사처에 맡기라'

물고기도 미끼를 덥석 물지 않고
작게 입질을 해 보면서 경계를 늦추지 않는데
내가 나를 나락으로 밀쳐냈다

이 허무맹랑한 속임수에 말려들다니
나 말고 나를 바보로 만든 이는 누구도 없다

우리 모두는 여행자 · 5

– 낯설음

배추나 무를 심은 밭에 흰 줄 하나 쳐 두면
토끼 고라니 산짐승들도 그 선의 의미를 알고
이내 발길을 과감하게 돌리며
자연계에서 살아남을 수 있는 길이란 것을 안다는데

나처럼 미련한 짐승이 어디 있겠나

생면부지인 남을 전화선 하나로 속이고
교묘하게 빠져나가는 수법에 꾀이고 말았다
산짐승들도 낯설음엔 걸려들지 않는다는데
어찌 계좌가 해킹되었다는 그 말에
내 돈을 지키겠다고 그들이 시키는 대로 했는지

내 것을 지키겠다는 것도 욕심이었나

우리 모두는 여행자 · 6

평소 '범사에 감사하라' 를 가슴으로 이해하지 못했다
다 잃고 죽을 수도 없었다
나의 神께 무릎을 꿇을 때
내게 남아 있는 것에 감사기도가
다행일 뿐이었다

기도할 수 없었다면
말씀을 들을 수 없었다면
책을 읽지 않았다면
글을 쓰지 않았다면
나는 절망했으리

타오 치엔은 모든 것을 잃고 나서
*짓궂은 노 스승의 영혼이 더 많은 것을 가르쳐 주기 위해
일부러 그렇게 한 것이리라
마음속 깊이 새기며 다시 웃을 수 있었다는데

보이스 피싱 후 읽는 책마다 사건을 예시하는 내용이
깊은 수렁에서 헤어나오라는 글이다
이제라도 나 같은 이 없도록
경고문을 쓰고 있는 셈이다

*〈운명의 딸들〉 이사벨 예멘데 (아르헨티나)

우리 모두는 여행자 · 7

*지금이라도 바짝 삶을 당겨보고 싶네
마음을 성벽城壁처럼 강하게 치고, 군사를 세우고
그렇게 죽음을 뚫어져라 응시하고 싶네

두 번 살 수 있는 삶이라면 얼마나 좋을까
서투르고 실수투성이였던 나의 삶
이 나이 먹도록 세상살이 서툴러서
턱없이 남을 너무 믿었던
어느 것 하나 제대로 된 것이 없었던 삶

천성을 바꿀 수 있는 약은 어디에도 없었네
속이는 자보다 속은 내가 더 한스럽지
도둑보다 도둑맞는 내가 더 어리석었지

모질지 못했던 맘, 한쪽 가슴은 늘 텅 비어 있었다
내가 내게 되물어 보지 않았지
한세상 살아낸 실수투성이 삶은 이제
쳐다보고 싶지도 않네

*〈소망〉 두르가 랄 쉬레스타 (네팔)

우리 모두는 여행자 · 8

수영과 사우나 같이 하니 좋으면서도 조심스럽다
몇 년 동안 식당 밥에 질리기도 하여
이사 와서 당분간 시설 식당을 쉬기로 했다

그러니 사람들과 교류가 뜸했다
사람 관계도 음악처럼 화음和音처럼
어울림이라는 것을

특히 노인들이 많으니 묻고 또 묻는다
안내 데스크 직원에게 인사 없이
드나들어도 그리 알라 했다

어디 가느냐
병원 간다 친구 만나러 간다
어화둥둥 어울려 살아야 하는 것을

현금 들고 나갈 때 한 사람이 로비에 서 있었다
말을 튼 사이라면 어디 가느냐
꽃무늬 쇼핑백이 예쁘다 등등

그저 묻는 말이 인사며 소통인 것을
인사가 범죄도 막을 수 있는 것을 무시한 내 죄다

우리 모두는 여행자 · 9

서울에도 일인 가구가 도쿄에도 빈집이
쓸쓸히 살아가는 독거노인은 말할 것도 없거니와
젊은이들도 독신으로 혼밥하고 살아가는 세상이다

허전한 사람의 공간을 파고드는 정보들
궁금하여 열어 본 후, 아니다 답한 뒤 돌아온 검은 마수魔手
그들은 큰소리로 때로는 위엄으로 사람의 기氣를 눌러버린다

훅 걸려버린 감당할 수 없는 수많은 사기에 자살을 선택하는 이들

*진실한 말을 크게 말하면 거짓으로 들리고
거짓말을 크게 말하면 진실로 들린다고
일찍이 수렌은 예고했으나
진실을 믿기에 의심을 하지 않고 당한다

메모하지 말라 문서로 보내준다고 큰소리치는
보이스 피싱 저자들
이래도 성선설性善說을 믿어야겠지요!

*〈말〉 바오긴 락그와수렌 (몽골)

우리 모두는 여행자 · 10

옥상 걸을 때도 항상 한 손에 지팡이
한 손에 폰을 들고 걷는 할아버지

겨울이라 복도에서 걷는다
새벽인데도 폰을 들고 걷는다

저토록 폰에 의존하는 건
자식들과 끈을 놓치고 싶지 않은 게다

무엇에 애착하는 건 별로 달갑지 않았지만
나도 저이처럼 끈을 놓지 않았다면
이 큰일을 당하지 않았을 텐데

이젠 자식들에게 내가 오히려
전화를 자주 해야겠다

우리 모두는 여행자 · 11

전주에 이름 없이 23년째 8억 8473만 원을
기부해 오는 천사는 대학등록금 없어
꿈을 접어야 하는 소년소녀의 천사다

전주 할머니 칼바람 맞으며 리어카와 씨름한
폐지 팔아 모은 돈 1백7만 원
경남 사회복지사에 온 신문지로 싼 지폐와 동전 4천7백만 원

2019년 목동 빗물펌프장 배수 터널 침수 때
협력업체 직원 구하려다 사망한 안준호 의인,
9년 연애 끝에 결혼 2년 차 아내는
남편을 잊히지 않게 *돈을 기부했다

이 모든 선행을 보며 나누지 못한 죄다
새해부터 보이스 피싱 말하면 한 번에 만원 벌금이라며
며느리가 떡국 먹고 새날을 맞자고 한다

*아너소사이어티: 1억 원 이상 기부자

우리 모두는 여행자 · 12

*증권거래소에 다니는 평범한 가장이
부인 아들딸을 남겨두고 파리로 갔다
온갖 억측이 난무한 데도
꿈꾸어 왔던 그림을 그리러 떠났다

오직 그림만을 위한 가출이다
아무도 알아주지 않는 그림을 한 장도 팔지 않고
나병 환자가 되어 끝내 혼魂을 다 바친 그림과
육체와 혼마저 불태워버린 삶이었다

남은 삶은 명서明書를 읽다 죽어도 좋으리라
명작 하나 남기지 못하고 떠날 인생이
이번 일은 이웃과 어울리지 않은 죗값이다

*〈달과 6펜스〉 윌리엄 서머싯 몸

우리 모두는 여행자 · 13

내 만족, 반성을 위해서 글을 쓴다
보고 느낀 것을 쓰지 않고는 배길 수 없어 쓴다
살아오면서 숱한 잘잘못 후회도 다 풀어낸다
글은 나의 피난처이기도 방패가 되기도 한다
어느 누가 이렇게 세세하게 위로해 줄 수 있겠나

노벨문학상 수상소감에서 심보르스카 시인은

*마치 시인이라는 사실이 부끄럽기도 한 것처럼
자신이 시인이라고 밝히기 싫어한다고

시詩는 나를 지탱해 주는 안식처며 나의 혼魂이다
이제 시를 쓴다고 말하리라

*비스와바 심보르스카 (폴란드)

우리 모두는 여행자 · 14

분노의 표현법은 글이나 언어로
감정을 표현하는 일이라 했다

유대인들은 환한 대낮에 뱃속 깊이 올라오는
오열을 억압하거나 과장됨이 없이
통곡의 벽에서 쏟아 내고 있다

바람의 노래를 들어라
*인류의 지혜가 담긴 보물 창고에 접근하는 것은
기도와 찬송에서 미세한 음성을 듣는 것이리라

나 또한 남은 여생의 자금을 귀신에 홀린 듯
보이스 피싱 그 자들에게 다 내어주고
이 터널을 벗어나고자 글을 쓴다

*〈바람의 노래를 들어라〉 무라카미 하루키

우리 모두는 여행자 · 15

*글을 먹고 글을 싼다고 했다
오늘도 책의 집 도서관으로 간다

엉덩이 붙이는 습관이 없었다면
어느 벌판에서 서성이고 있었을 것이다

글 속에서 예시하고 있는
있었던 일, 있는 일, 있을 수 있는 일이라 했다지

흘러간 강물을 되돌릴 수 없다지만
일어서는 데도 걸음마 연습이 이리 오래 필요한지

환란에서 벗어나려
나는 오늘도 책 집으로 간다

*〈여행자의 글쓰기〉 정숙영

우리 모두는 여행자 · 16

*글을 쓸 수 없었다면 내가 무엇을 했을까
글이라도 풀어 써대니 그나마 살 수 있었다
글을 읽고 쓰기는 나의 구원이다

맞아요
글로 풀어내지 못했다면 어떻게 되었을까

그녀는 정신분열증 진단을 받고 종신입원 환자로
전전두엽 절제 수술을 며칠 앞두고

단편집 〈석호〉 발표로 뉴질랜드 총리
처치상을 받으면서 오진이었음을 확인한다

고전에는 이미 우리 고민의 답을 알고 있었다
글에서 위안을 찾고 풀어낼 수 있어
시련은 지나가고 있다

*〈석호〉 재닛 프레임 (뉴질랜드)

우리 모두는 여행자 · 17

게시판의 한 주 프로그램에

*무슨 일을 할 때 바로 하지 말고
한 번 더 생각하고
무슨 말을 할 때 바로 하지 말고
한 번 더 생각하고

잠시 마음을 가다듬고
한 번 더 생각해요
살면서 후회하는 일 없게요
아쉬워할 일 없게요

나는 무릎을 쳤다
한 번 더 생각했더라면
보이스 피싱 당하지 않았을 것을

*게시판 프로그램에서

제2부

우리 모두는 여행자

우리 모두는 여행자 · 18

– 콰이강의 다리

명화를 영어로 서툰 글을 쓰기도 했지만
역시 명화는 名畵라며 먼 곳 안산까지
추석 다음날 손자와 영화를 보러 간다

자막 번역 보느라 놓친 부분도 다시 볼 수 있다

씨알도 먹히지 않는 점령군 사이토 장성에게
제네바협정을 들이대며 항변한 포로 영국군 장성이
정신까지 점령되어 폭발물까지 보고하는 우를 범한다
그가 하는 것을 보고 군의관이 '미친 짓' 이라 한다
끝내 폭발물 매설한 아군을 죽이는 참상
*정신이 돌아왔을 때 내가 무슨 미친 짓을 하고 있지?

아침 10시부터 4시까지 귀신에 홀릭 되어
보이스 피싱 그자들에게 통장 4개 잔고를 내어주는
미친 짓을 하고 말았다
아~ 미친 짓!

*〈콰이강의 다리〉 영화

우리 모두는 여행자 · 19

게스트 룸에 들어와 살던 할아버지가
오늘 화장실에서 급작스레 돌아가셨다
저렇게 갈 수만 있다면

실버타운을 주택으로 보니
종부세 무서워 살 수도 없다
얼마나 살겠냐며 월세로 들어와 살다 생生을 마감한다

*한 세대는 가고 한 세대는 오되 땅은 영원히 있도다
바람은 이리 돌며 저리 돌아 불던 곳으로 돌아가고
강물은 바다로 흐르되 바다를 채우지 못하며
어느 곳으로 흐르든지 그리로 연하여 흐르느니라
헛되고 헛되며 모든 것이 헛되도다

이 땅에 몸뚱어리 하나 겨우 지탱하다
화장장 연기 오를 때처럼 흘러 흘러가리라

*〈전도서〉의 일부

우리 모두는 여행자 · 20

*질주하는 버스 안에서 TV에 몰두하느라
상상력을 잊어버린 현대인들에게 경고하고 있다

한푼 두푼 절약하며 살아온 우리들의 쓰지 않은 청구서가
전화 한 통에 생계비마저 다 털렸다

국악인 윤문무 씨는
화장실에서 쓰러지는 일도 있다며
현대인의 꼭 필요한 것으로 폰을 꼽았다

폰은 필요악惡이다
수도 없이 걸려오는 전화, 문자
누르기만 해도 해킹되어 버리는 무서운 세상

인간이 만든 기계에 인간이 종속되는
인간 노예시대
결국 기억력이 부족한 인간이 진다

*〈새로운 인생〉 오르한 파묵

우리 모두는 여행자 · 21

당신이 살아가는 시대를 쓰라

*세월이 가면 더 쉬워지느냐
쉬워지는 것은 아무 것도 없다
시간을 보내는 것조차 쉬워지지 않는다

나는 왜 썼을까
부모의 죄일까
나의 죄일까

살아가는 시대를 쓰라 하기에
보이스 피싱 당한 바보가 된 일을
혀 짧은 소리로 써내려 간다

그래도 아쉬움은 다 가시지 않고
억울함은 더욱 더 커져만 간다

*〈아찔한 추락과 함께〉 조이스 캐롤 오츠

우리 모두는 여행자 · 22

*사는 동안 무엇을 성취했느냐고 사람들이 물으면
슬픔이라고, 그러나 보다 위대한 것은
어쨌든 현재 나는, 살아남아 있다는 것

기쁨은 잠시 머물다 순간 지나가 버리지만
슬픔은 오래 또아리 틀고 앉아있다
기쁨 건너 슬픔이 손짓하고
슬픔 뒤에 기쁨이 손짓한다고

삶은 살아갈수록 참으로 풀기 어려운 숙제구나
지금 새벽 동트기 전 깊은 어둠이라 생각해 본다
흔들리며 걸어가는 외로움이라고 해 본다
아직도 다듬어지지 않은 실수투성이인 나

*〈내 운명〉 두르가 랄 쉬레스타 (네팔)

우리 모두는 여행자 · 23

매일 새벽 1층으로 내려가기에
저렇게 일찍? 하고는 의아했는데
신문값 아끼려고 안내 데스크 신문을 가져간다

암수술로 탈장까지 됐다면서도
생의 마지막까지
우리는 얼마나 아껴야 하나

참으로 돈이 저렇게 소중한 것을
내가 당한 보이스 피싱 낚싯바늘의 상처가
뼛속까지 사무친다

우리 모두는 여행자 · 24

*아테네 시민 여러분
사형집행이 오늘이 아닌, 하루 이틀만 늦춰져
나의 진실을 알면 무죄가 될 것입니다

소크라테스는 억울한 형을 받고도
악법도 법이라며 승복하는 것으로서
판정에 복종해 물러나는 것이라 한다

하필 스포츠센터도, 도서관도 휴관이었나
운동하지 않아도, 책 읽지 않아도 되는 그날
습관처럼 휴대폰을 열어본 죄다

바보짓에 머리를 쑤시는 고통으로
뇌졸중이라도 오면 어쩌나 하며 걱정해 주는
정오순 여사와 모란역 백제한의원에
사암침舍巖鍼을 맞으러 간다

*〈플라톤〉 소크라테스

우리 모두는 여행자 · 25

신림역, 분당 서현역에서
시민들의 일상을 쓰나미처럼 덮쳤다
누구의 죄란 말인가

출근길 여교사가 둘레길에서 성폭행 당하고
살해되는, 길 가다 마약중독자 차에
죽임을 당하는 또래 청년들

보이스 피싱 그들이 유유히 법망을 빠져 나가는데
양재 LG 대리점에 폰 바꾸러 온 청년은 3억 당한 후
결혼을 파기 당했다

*일찍이 셜록 홈즈의 귀환에서
불특정 다수를 향한 의도적 살인이라는
결론에 이른 배심원이 평결을 내린다

아침 눈을 뜨고 '안녕' 이라는 인사의 의미를
이제야 비로소
알 것 같다

*〈셜록 홈즈의 귀환〉 아서 코난 도일

우리 모두는 여행자 · 26

*그 유리병이 언젠가 그 어딘가에
어쩌면 누군가의 마음의 해안에 가 닿으리라는 희망을 품고
시인이 유리병에 담아 띄우는 편지 말이다

파울 첼란이 외쳤던 소리 없는 함성을 보라
악惡이 판치는 세상에서 살얼음을 딛고 서는 마음으로
이 외침을 유리병 속 편지처럼 띄워 보내리라

누군가는 읽으리라
누군가는 마수魔手의 손길에 당하지 않으리라
왜 몰랐느냐 하겠지만

각 지방법원을 가보라
지금도 범죄자 그들에게
수없이 무죄 판결이 내려지고 있다

*〈유리병 속 편지〉 파울 첼란 (독일)

우리 모두는 여행자 · 27

*그 어느 누구도 시련의 숲과 고통의 강을 피해 갈 순 없다
시련의 숲과 고통의 강 앞에서도 절대 흔들리지 마라

돌이켜 보니 어찌 이럴 수가 손에 쥐어주어도
다시는 못할 일이다

순간순간 의심이 스치고 지나갔으나
무엇에 홀린 듯 내 의지대로 할 수 없었다

변명이라 해도 할 말이 없다
그렇지만 어쩔 도리가 없었다

가물가물 몽유병 환자처럼
의심하면서도 무엇엔가 홀려 버렸다
다시 하려 해도 할 수 없는 악몽이었다

*〈숙명의 기회〉 법정스님

우리 모두는 여행자 · 28

부모는 자식이 아플 때 같이 아파주고
슬플 때 같이 울어주는 것이리라

내 폰에 아들이라 심어준 번호로 농협 직원과 통화를 시켰다
평소에 아들과 소통하지 않은 대가代價는 엄청나다

*아버지가 눈을 헤치고 따오신
그 붉은 산수유 열매를 시인은 기억한다

나는 평소 소통하는 엄마가 아니었다

*〈성탄제〉 김종길

우리 모두는 여행자 · 29

보이스 피싱 당한 바보가 된 일을
시를 쓰듯 써 내려간다

세월이 가면 잊혀지려나
세월이 가도 잊혀지지 않는다
우리들 모든 삶이 돈에 저당 잡혀 있다는 걸 몰랐다

1원이 모자라도 결제가 안 되는 돈의 위력을 실감하지 못했다
바보냐고 하는 이웃 박성희 그 마음 다 안다
그 순간만은 바보가 되어 버렸다

남은 인생
시간을 내보는 것조차 고통스레
목을 조여온다

우리 모두는 여행자 · 30

*피살된 개츠비 저택으로 남루한 차림의
그의 아버지가 찾아왔을 때 그 집에 드나들던 이는
신발장에 낡은 테니스화를 본인 주소로 보내 달란다

손에 잡히는 대로 읽는 책마다
일찍이 선과 악을 제시하고
속임수 사기 타락을 경고하고 있었는데

'명의도용 되었다' 는 그 말에
순간 아무것도 분별할 수 없었다
세상을 헛살아 온 게 틀림없다

*〈위대한 개츠비〉 F. 스콧 피츠제럴드

우리 모두는 여행자 · 31

항고에서 기각되었다
정말 모르고 심부름을 했단 말인가!
법망을 교묘히 빠져나가는 그들의 수법

*거미줄 끝에 흔들리는 것만 봐도
음흉한 거미 한 마리가 중앙에
잠복해 있다는 걸 알 수 있다는데

연어도 잉어도 낚싯줄에 걸리면 우리는 환호한다
TV에서 노르웨이 별장에서 만찬을 위한 연어를 건져올린다
나는 보이스 피싱 그들의 풍성한 요리가 되고 말았다

내가 비상한 촉각을 가지지 못한 탓이다

*〈빈집의 모험〉 아서 코난 도일

우리 모두는 여행자 · 32

두 팔로 막아도 바람이 불듯
내게 덮쳐온 시련을 막을 수 없었다
그건 남을 잘 믿는 성격도 한몫 했으리라

그러나 영원한 비극이란 없을 것이다
캄캄한 밤이라도 하늘 아래 손짓하며
마주 잡을 손 하나 멀리서 오고 있을 것이다

TV에선 아프리카 기아에서 허덕이는 저 아이들
월 만원이면 되는데
텅 빈 내 계좌에서도

다시 출금되는 날이 오길…

우리 모두는 여행자 · 33

17세 된 아이들이 고아원에서 나와야 한다는 뉴스다
부모가 누구인지도 모르고 고아원 원장을
부모로 의지하고 살아온 그들은
성년이 되었으니 나가야 된다

또래 아이들은 대학생 취업준비생으로
부모 품에서 각자의 꿈을 준비하고 있는데
무슨 연유로 부모 만남에 따라 갈라지는지
야속한 운명 앞에 저들은 속수무책이다

*전당포 주인과 그녀 여동생을 살해한
가난한 시골 청년 로스쿨 학생을 즉시 체포하지 않고
그의 선행을 지켜보면서 뉘우칠 시간을 주는
예심판사의 오랜 기다림을 보라

형기를 낮출 수 있도록 선도하는 긴 여정을 보면서
고아원을 나와야 하는 저 청춘들에게
우리는 무엇을 해 주었나?

결혼시켜 집 사주고 딸네 파출부 경비까지
감당한다며 떠벌리는 이 땅의 부모들
애들아! 너희들이 부모를 선택한 것이냐?

*〈죄와 벌〉 도스토예프스키

우리 모두는 여행자 · 34

그는 심부름으로 돈을 받아 대신 전달하고
5천8백 중 6백만 원을 심부름 대가로 받고
5천2백을 성명불상의 조직원에게 전달하고는
범행 당일 이상함을 느끼고 경찰서에 자수했다
또한 휴대폰을 임의로 제출하였다고
일산법원에서 무혐의 처리되었다

*지주가 죽자 성지기는 말 장수가 성을 통과할 때
통행증을 요구했다
지주의 허가증이 없으면 통과할 수 없다고 했다
검은 말 2마리를 맡기고 돌아올 때 값을 치르겠다며 떠났다

말 시장에 도착하니 통행증 이야기는
새빨간 거짓말임을 알게 되었다
돈을 마련해 돌아오니 맡긴 말은 없어지고
비쩍 마른 말 한 쌍이 있었을 뿐이었다
콜하스는 법은 올바른 편이어야 한다며
맞서다 사형선고를 받는다

뉴스에 2억 3천 보이스 피싱 당한 청년이 자살했다
그러나 상대는 단순사기범으로 처벌이 가벼웠다

그러나 2,3일 근무하고 업무와 관련 없는 일을 하려고
결근을 했다는 점
한 번 물건 전달하는 데 6백만 원이라는 큰돈을 준다는 데
몰랐다는 점
나는 무혐의 처리된 부당함을 항고장으로 접수한다

*〈미하엘 콜하스 민란〉 하인리히 폰 클라이스트

제3부

우리 모두는 여행자

우리 모두는 여행자 · 35

*침묵에 잠기면서 안 들리던 소리를 듣게 되고
홀로 있음은 정녕 혼자가 아닌 것을

수행자는 홀로 있음은 정녕 혼자가 아니라는데
어찌 나 같은 범인凡人은 혼자인 시간이 두렵나

혹시 우울증이면 어쩌지! 이러다 치매라도 와서
내 의지대로 아무것도 할 수 없으면

*산 그림자도 하루에 한 번씩 마을로 내려오고
종소리도 외로워서 울려 퍼진다 했다

억지로 살아가니, 그저 살지요

*〈침묵에 들다〉 법정스님
*〈종소리〉 정호승

우리 모두는 여행자 · 36

*두르가는 매일 여러 나라 절에 다니며
부처님을 부르다가
수없이 향을 태우고 절을 했다
그런데 부처님을 만날 수 없으니
어찌하랴

하얀 눈발로 둘러쳐진 성벽 히말라야
하늘이고 산 모두가 허공이다
무엇으로도 답을 구하지 못하는 우리

하나님, 부처님 어디 계신가요

있기는 한가요?

그때, 하나님은 알고 계셨죠?
근데 왜? 말리지 않으셨나요?

*〈애인〉 두르가 랄 쉬레스타 (네팔)

우리 모두는 여행자 · 37

– 사암침舍巖鍼

오른쪽 귀 뒷머리가 콕콕 푹푹 쑤셔 온다
충격으로 뇌진탕이라도 오면 어떡하나 걱정되어
전후 사정을 말씀드리고 사혈 침을 부탁한다

팔꿈치 아래부터 무릎 아래까지
혈을 이용해 경락을 조절하여 치료하는 침법이란다
한 번에 침 1번, 뜸 1번, 3번 반복해서 맞는다

사암침은 벽을 등지고 양말 벗고 앉아서
앉은뱅이 의자 돌돌 밀고 다니며 침을 놓고 맞으니
더욱 친근감으로 다가온다

의사 선생님도 환자도 간호원도 모두가 같은 높이다
부부가 운영하니 내가 맞고 싶은 원장님 날짜에 맞으면 된다
뇌출혈이 안 온 것도 매일 사혈을 한 덕분인 거 같다

아침부터 환자들과 원장님은 여느 잔칫집같이
이방 저방 거실까지 빙 둘러앉은 정겨운 풍경이다
여기서 나는 젊은 노인에 해당되는데 이 어인 말인가

아무리 둘러봐도 이 많은 노인들 중에

유독 보이스 피싱 당한 환자는 나 혼자뿐이다
나는 죄인마냥 앉아있다

상처 입고 날지 못하는 독수리 같다
자식들도 우리 엄만 늙지 않은 사람으로 착각한다
판단이 흐려진 나를 모른다

쿠팡 등 대문 앞에 주문품들이 놓여있는 실버타운의 풍경
자식에게 다 맡기고 생활비 달라 할 걸
눈감을 때까지 이 후회
부부가 같이 있었다면 당했겠냐
변명 아닌 변명을 한다

우리 모두는 여행자 · 38

선거관리위원회에서 자녀 동생 아내를 특채하고
야당 전, 현 대표는 왜 폰을 버렸는지?

*과녁은 육안으로 맞히는 게 아니라 마음의 눈으로 쏜다고 한다
시위는 과녁을 향해 날아갔지만 꽂히지 않고 땅에 떨어졌다
정약용은 군졸을 시켜 쏜 화살촉을 주워오게 했다

쇠붙이 활촉이 살짝 뭉개져 있어
시험관을 불러 2개의 활촉을 들이댔다

응시생 본인이 쏠 활촉을 뭉갰다고 우길 생각은 아니겠지?

*이때 남인 수장 채제공의 서명만 있는 백지 쪽지가 왔다
자제하라는 암시다

사대부 집안의 응시생들은 성적이 부진해도 합격이며
지방 실력 있는 응시생들은 낙방의 고배를 마셨다

2021년 선거 때
투표함 대신 소쿠리에 담겨진 투표용지가 있다
그래도 선관위는 감사도 받지 않겠단다

*〈정약용의 여인들〉 최문희

우리 모두는 여행자 · 39

공공을 위해 자신을 불사르는
수 많은 사람들이 우리 곁에 있듯
그저 그렇게 달려왔다

77번째 생일 다음날 보이스 피싱에 홀려 버려
마음의 커다란 골절상을 안고 살아간다

슬픔이란 잊히는 것이 아니고 더욱 깊어진다
다 털려 버리고서야 들을 수 있는 귀가 열린다

*살아있는 존재는 모두 온도를 가지고 있지만
죽은 사람은 온도를 가질 수 없다고 한다

그래도 살아야 하는가

*〈조금은 덜 외로운〉 고이스케

우리 모두는 여행자 · 40

읽지 못했던 고전을 읽는다
모두 금쪽 같은 명언들이다
글을 읽고 나니 여한이 없다
그간 무엇이 그리 바쁘게 휘몰아쳤던가

이리도 어리석게 살았을까
거절 못하고 남을 믿었던 대가代價가 엄청나다
내 진작 *마농의 샘을 읽었더라면
이렇게 때 늦은 후회는 없었을 것을

판 집 융자해서 잔금 준다기에 먼저 등기 이전해 준 일
이삿짐 실어놓았는데 잔금 받지 않고 비워준 일
땅 산다며 남편과 같이 와서 그들의 체면 상할까
차용증서도 받지 않고 돈 빌려준 일
그 후 뻔뻔하게 파산 신청했다며 찾아왔다

초등학교 때 내 동생 하라며 친동기처럼 지낸 S언니
우리 시동생한테 땅 매매대금 받을 때
승주 땅 같이 사자 복비까지 보내라더니
분할등기하자니 땅은 사지도 않았더라

지난 일 생각해 보니
그간 나는 광대 줄 타듯 살아왔네
그녀 시동생 찾아가서, 다 놓고 갈 우리
죽기 전 만나자 전해도 S언니 한순임 소식은
먼 하늘에 구름처럼 둥둥…

*〈마농의 샘〉 마르셀 파뇰

우리 모두는 여행자 · 41

보몽은 이미 예측했었다
*당신보다 훨씬 더 괴물 같은 사람들도 많아요
전 차라리 당신의 모습이 좋네요

*이렇게 많이 울어봤자 날아간 재산이
다시 굴러들어오지는 않아
하는 미녀의 말을 믿어야겠다

보이지도 않는 전화선 무한 공간에서
어리석은 많은 사람들을 어떻게 믿도록 하는
사기성은 정말 속임수의 극치였다

내 돈을 지키려고 미끼를 덥석 문 물고기가 되어
어차피 맨손으로 왔었고 빈손으로 가는 것이니
억지로 위로도 못하는 못난 나를 바라보고 있는 비애

*〈미녀와 야수〉 잔마리 르 프랭스 드 보몽

우리 모두는 여행자 · 42

*불에 덴 상처는 시간이 해결해 준다
가시를 밟은 상처도 다 나았다
그러나 꽃을 밟은 상처는 평생을 두고
아프고 저리다

힘 없는 자는
떨어진 꽃을 밟은 것도 아픔이라 하네
힘 있는 자는
왕을 끌어내리고도 배고파 하는 저 괴리

보이스 피싱 저 자들이 다 훔쳐가고도 배고파 하고
다 털려 버리고도 떨고 있는 나
참으로 세월이 *지업구나

*〈불에 덴 상처〉 두르가 랄 쉬레스타 (네팔)
*지루하다의 경상도 사투리

우리 모두는 여행자 · 43

두 차례나 통장 4개 해약해서 현금으로 찾아갖고 있으니
지문이 섞이지 않도록 하라, 은행에 복구를 확인하라
농협통장 번호로 전화하니 '복구' 라 답신이 온다
복구되었다는 확인이란다
검찰청과 사이버 '합동조사중' 이란 그 말을 믿고 말았다

안산지원 2차 공판 각하
피고인 채용묵 심부름 건이다
2022. 11. 28 보령시 주공로 신○○ 6천 6백
2022. 12. 7 수원시 수인로 김○○ 3억
2022. 12. 12 분당구 정자동 2번 이○○ 1억 5천8백
2022. 12. 15 성북구 동소문로 권○○ 8천 1백
2022. 12. 14 청주시 청원로 유○○ 4천 6백
2022. 12. 16 수원시 권선구 김○○ 2천 7백

어찌 그 속임수에 모두가 넘어가다니
우리 모두는 미끼를 잘못 문 물고기였다

검사 5명이 조사하고 2차 공판까지 갔어도
법망을 피해 간 보이스 피싱 그들이 한 수위
기막힌 법꾸라지였다

오늘도 그들의 거주지 법원마다
피해자들을 우롱하듯
허망하게 무죄 판결이 내려지고 있다

우리 모두는 여행자 · 44

우리라는 보편적 가치를 획득할 때
비로소 진정한 행복이 생겨난다는 글귀가 시퍼렇게 와 닿는다

언제 타인과 소통을 모색하려 노력해 보았느냐
어우러짐의 공존가치에 어울리려 한 적이 있었느냐

나는 몇 년 더 젊다고 밖으로만 나돌았다
어울리지 않은 대가는 안팎이 닫힌
무인도의 삶이었으니

보이스 피싱 대처 방법을 공유하지 못했다
난생처음 당한 사기극은 알 수도 없었다
등줄기에 차가운 죽비가 내리친다

너무나 물정을 모르고 산 죄다

우리 모두는 여행자 · 45

– 크리스마스 이브

자식들이 외국에 있어도 국내에 있어도
부모를 찾아오는 게 쉽지 않다

시설의 식당 사우나 스포츠센터에서도
건강해야 서로 얼굴 본다

각자 문 닫고 들어가면 복도도 덩달아 문을 닫고
고요한 침묵이다

*성냥팔이 소녀는 불쌍한 이웃을 생각하라는데
실버타운의 가난은 지독한 그리움이다
더 가혹하게 추위를 몰고 온다

*〈크리스마스 선물〉 오 헨리 (노르웨이)

우리 모두는 여행자 · 46

삶이란 위험을 무릅쓴 모험이라 했던가
전화선으로 들려오는 낯선 사람의 말을 믿다니!
진정 내 마음속엔 사람이 그리웠던 것은 아니었을까

*사랑하는 사람을 떠나보내는 데에도
삼우제, 49재, 1년 탈상
마지막 머무는 데에도 장례의식이 있는데

뇌리에서 떠나지 않는 돈의 위력
전재산을 잃는 데 하루밖에 안 걸리다니
돈은 살아가는 데 공기와 물 같다는 간단한 진리를
이 나이에 철없이 몰랐다고 우길 일인가!

*〈서로가 침묵할 때〉 최문희

우리 모두는 여행자 · 47

*희망이란 있다고도 없다고도 말할 수 없다
그것은 마치 땅 위의 길과 같다
땅 위에 본래부터 길이 있었던 것은 아니다
다니는 사람이 많아지면 그것이 곧 길이 되었다

우크라이나 전쟁, 하마스의 기습 침공
북한 핵 보유로 남의 일이 아닌 지금
'큰일도 함께하면 곧 길이 된다'
가보지 않은 길을 가는 깃발을 따라가 보자

또 다시 마음을 다잡을 일이
더 생기지 않을까 노심초사하지만
이번엔 루쉰의 말이라도 따라 해 보자

*〈두 발의 고사〉: 루쉰의 소설집 《방황》에 수록

우리 모두는 여행자 · 48

새장 안의 새는 한줌의 좁쌀로 목숨을 이어갈 수는 있지만
결코 살은 찔 수 없다

시간이 지나면 날개가 마비되어 새장밖에 풀어줘도
날 수 없듯이

나 스스로 누에고치를 털고 내 속에 갇혀 있다
누구도 스스로를 망쳐준 이도 없는데

얼마나 더 아파야
나 안에서 나를 꺼낼 수 있으려나

우리 모두는 여행자 · 49

*눈물 젖은 빵을 먹어 보지 않은 사람은
눈물로 젖은 밤을 지새 보지 않은 사람은
천상의 신이여, 당신을 알 수 없습니다

*불쌍한 죄로 죄짓게 했으며
슬픔에 빠지게 했으니
이 세상의 죄 모두 값을 치르겠습니다

이런 세상이면 참 좋겠습니다
쉽게 얻은 돈으로 타락하지 않는 세상
노년의 생활비마저 다 털려 버리고
자학自虐하며 우는 사람 없는 세상
애통해 하는 사람 없는 세상이면 좋겠습니다
죗값을 치렀다면 이런 일은 없었겠지요!

일찍이 괴테는 외쳤으나
악의 무리들은 아직도 건재하네요

*〈눈물 젖은 빵을 먹어보지 않은 사람은〉 요한 볼프강 폰 괴테

우리 모두는 여행자 · 50

한 뭉치 돈이 손에 닿자마자 화르르 사라진다
두 번째 이십 만원도, 세 번째 오만원 두 장도
손에 닿는 순간 전부 휘리릭 사라지는 환상

자책의 살을 갉아 먹고 있는 밤
번쩍 눈을 떠보니 꿈이다
분명! 나간 돈은 다시 올 수 없다는 계시다
그러나, 죽음 앞둔 고통이었느냐
굶어 죽을 만큼 배고픔이었느냐
지금 사지가 멀쩡하지 않느냐

젊을 땐 아는 것이 힘이고
늙으면 주머니 사정이 힘이라는데
다 날아가고 나니 바람 빠진 풍선 같다

계시啓示 가라사대
그것은 네 것이 아니니라!

우리 모두는 여행자 · 51

오늘은 미장원 문을 열었다
사업장을 확장하면서 인테리어 업자에게
십자가는 다 쓰레기통에 버리라 했단다
사람은 얼마나 가볍고 얄팍한가

학교가라며 방문을 여니 초등 4년생 아들이 숨쉬지 않았다
*신륵사 신도였던 그녀는
남동생을 신학대학에 보내버렸다

그때의 인테리어 사장한테 인도되어
하나님 의지하고 살아가는 그녀를 찾아간다

"누구에게 물어 보셨어요" 한다
묻지 않은 게 나의 실수다

* 여주 신륵사 (신라 선덕여왕 때 건립)

제4부

우리 모두는 여행자

우리 모두는 여행자 · 52

나이 들면서 이쪽에서의 삶을 끝내고
저쪽으로 건너갔을 때
그쪽 염라대왕 질문이 '이보게
남기면서 살려고 했는가'

'다 쓰지 않고 남겨두고 온 것이 있는가
자네의 모든 것 다 드러내지 않고
말하고 싶은 것 다 말하지 않고
하고 싶은 것 다 하지 않고
남겨두고 온 것이 있는가' 말일세

그렇다고 대답할 수 있으면 좋겠다
사람들아 할 수 있는 것 다 하고 떠나라
손에 쥐어주어도 다 못하는 부모들이다

아들 넷 둔 댁은 돌아가면서 엄마를 찾아온다
내 부모 소홀히 하면 아내도 그렇게 한다는 그 집 아들
그의 어머니 왈, 딸이 있었으면—

우리 모두는 여행자 · 53

문득!
이 세상 떠나야 할 시간을 알면 얼마나 좋을까 하는
간절한 생각

사는 동안 생활비, 병원비 가늠할 수 없어
스포츠센터에서 신문新聞을 얻어 읽는 사람

'늙으면 주머니를 풀어라' 는 이론은 있으나
실천은 이리도 어려운가

밥 한번 먹자 모일 수 있는 행복
그 청마저 신세진다며 기회 놓치는 늙은 우리들

너무 저울질하지 말고 주거니 받거니
형편 되는 이가 더 배려를 하고

다닐 수 있을 때 먹을 수 있을 때
그렇게 살다 세상 떠나가세

우리 모두는 여행자 · 54

– 대나무

결대로 서서 하늘만 바라는 너에게
바람은 수수 불던 대로 불고 간 그 자리에
*청개 자국이 시리도록 아프다

눈으로 볼 수도 없는 통증
바람은 그저 불고 갔을 뿐인데
텅 빈 네 가슴 속에 마디를 만들었다

그러나 마디가 없다면 곧게 설 수 있었겠나
너를 지조 높은 충신에 비유하였겠느냐
내 몸에 멍 자국 하나 더 보탠 삶이
참으로 아리다

*멍

우리 모두는 여행자 · 55

부부 중 한쪽이 먼저 가고 잘 사나 싶더니
곧 돌아가셨다
자식들이 한 주에 한 번씩 차례로 오는 댁은
그나마 다행이다

지나 보니 제일 효자 효녀는 독신인 자녀다
그래서 출산장려를 해도 안 먹히는 세상인가 보다

아들 딸 유학 보낸 댁은 자식을 그리다 생을 마감한다
사망 통지 가면 자식들이 와서 재산정리만 하고 떠난다

*모친 사망 삼가 애도함 전보를 받고 찾아간 양로원에서
엄마가 왜 죽음에 인접해서야 약혼자를 갖게 되었는지!

노년을 예견하고 '이방인' 에서 친구를 만들어 주었나 보다

*〈이방인〉 알베르 카뮈

우리 모두는 여행자 · 56

*어차피 사람은 자기 밖으로 나가야만 한다
결국 자기를 자기 밖으로 끌어내어
미지의 가능성을 시험해 보지 않으면 안 된다

크든 작든 누구나 자신만의 수렁을 안고 산다
긴 터널을 헤어 나오지 못한다면
절망의 늪에서 허우적거리다 더 깊은 수렁으로 떨어진다

글의 힘이란 죽어가는 사람을 살리는 마법사다
어떤 무엇이 글의 힘에 비길 수 있겠나
응어리가 자신을 죽이기도 살리기도 한다

*〈달팽이〉 가다 쓰무리 히로시

우리 모두는 여행자 · 57

– 찰나刹那

핑그르 돌면서 달리는 스타렉스를 치고
회전하여 덤프차 앞에 반대로 멈췄다
백미러는 보고 있었다
운전석 유리도 멀쩡했다

덤프차 운전자는 졸고 있었나 봐
우리는 그의 멱살을 잡지 않았다
동승자 모두 주민등록번호를 적었다

죽음과 삶 찰나였다
검은 횡포에 차는 수리도 불가능해서 폐차했다
아프지도 않았다
모든 게 어둠에 갇혀 버렸다

만약 그때 죽었다 생각해 봐
근데 너 지금 살아 있잖니!
그러니, 이젠 보이스 피싱 늪에서 빠져나가

우리 모두는 여행자 · 58

어렵게 살아오던 시누이가
이제 겨우 밥 먹고 사는데

언니 2천만 원 있으니 우선 쓰란다
—말만 들어도 참으로 고맙소

우리 언니 병나면 안 된다
자책하지 말고 글쓰기 하면서
마음 다스려 보라고—

오래 전 친정 오빠 가신 뒤 시골 올케 모시고
하이난으로 여행 갔을 때
형제가 아니면 누가 해 주겠나 하더니

올케언니가 했던 말을 내가 한다
고모 정신 차리고 일어날게
참으로 고맙네—

우리 모두는 여행자 · 59

– 염소 새끼

강원도 어느 목장에서 사온 염소 새끼는
오던 날부터 싱싱한 풀을 주어도 먹지 않고
저를 데리고 온 사람을 어미인 양
화장실에 밭에 부엌을 졸졸 따라다닌다

*키워서 싱싱한 우유를 짜 먹겠다며 사 왔다는데
목장에서 먹던 수입 건초가 아닌
마른풀을 주어도 먹지 않고 울기만 한단다

어린 염소도 몸에 익지 아니한 건 저토록 저항하는데
어찌 전화선 넘어 낯선 사람의 지시대로 할 수 있었는지

2차 공판까지 갔으나 각하된 6명 모두가
환란이 덮쳐왔다며 부끄러운 변명만 한다

*〈염소〉 이오덕

우리 모두는 여행자 · 60

*합스부르크 왕가 600년 포스터에
30년 전 어느 봄날 쉰브룬 궁전을 관광할 때
마리아 테레지아 공주 사진을 본 것이
희미하게 남아 있어 길을 나선다

9시부터 빙빙 돌아 줄 서서 기다리는 딸한테 미안하다
어서 잊으라며 오래 전 갔던 추억을 되살려보라는 배려다
시간에 쫓기는 너를 보여주고 싶은 것도 있다
12시에 표를 사고 나니 입장은 3시부터다

박병선 교수가 프랑스 정부에서 찾아온
외규장각 어람용 의궤가 마침 전시되고 있었다
조선 왕조 500년과 합스부르크 왕가 600년 쇠락을 보면서
찬란한 역사를 가진 왕조도 나폴레옹 침략으로 무너지는데

나를 찾으러 다니다 만난 전시회에서 큰 위안을 받는다

*〈합스부르크 왕가 600년 전시회〉 용산박물관

우리 모두는 여행자 · 61

*길고 짧고 낮은 세상에
원래 영원한 것이 하나도 없음에 족하다

나는 얼마나 나를 비워내야
나는 얼마나 나를 깎아내야
상처를 설움을 외로움을 덜어내야

새벽마다 무릎을 꿇어봐도
보이스 피싱 상처를 덜어내지 못한다

글로 토해낼 수 있음에 감사하기로 하자
다 잊어 버리자

산을 보고 하늘을 보고
다 잊어 버리자

*〈산을 보고〉 바오긴 락그와수렌 (몽골)

우리 모두는 여행자 · 62

*나무 끝에서 반쯤은 온통 환하게
타오르는 불꽃이고 나머지 반쯤은 온통 푸른 색인
이슬에 젖어 풍성하게 우거진 한 그루의 나무에서
지적발달장애인 히카리(光)는 들새가 지저귀는 소리에만 반응했다

6살 때 산간마을 통나무집에서 숲으로부터 들려온
'흰눈썹뜸부기' 한 쌍의 울음소리에 반응했다
장애 아들이 처음 입 밖에 낸 사람의 언어였다

새의 말을 알아듣게 될 것이라 예언한 아버지를 대신해서
인간이 만드는 음악으로 그 아이를 인도한 것은
새의 노래였다

히카리가 작곡한 음악에서 울부짖는 음악으로 표현하는
행위 자체가 어두운 응어리를 회복시키는 예술의 절묘한
치유능력으로 오에 겐자부로가 모색해 나간다

일본이 스웨덴에 세운 복지센터에서 새의 노래를 작곡하고 있다
히카리는 사람은 신과의 교감을 이루는 하늘로부터 주어지는
영감이 작가와 혼연일치가 이룰 때 명작으로 이어지는가 보다
이 작품을 읽는 동안은 모든 사념을 털어낸다

*〈타오르는 푸른 나무〉 오에 겐자부로

우리 모두는 여행자 · 63

다 털려 버리고서야
들을 수 있는 귀가 비로소 열린다
무지한 내가 어찌 알 수 있었겠는가

젖은 자갈길을 걸을 수 있다면 더더욱 좋겠다
나는 자꾸 사리판단이 흐려진다
오만과 절망 이 두 악덕을 고칠 수 있을 것인가

나를 복종시키기 위해 환란이 덮친 것이리라
나는 나 자신의 것이라 외칠 수 있으면 좋겠다
내가 통회痛悔하는 걸 나의 신께서 들으시리라

나의 오만을 용서하소서

우리 모두는 여행자 · 64

몇 마리 암퇘지를 키우며 젖뗀 지 얼마 안 된
새끼마저 팔아야 하는 궁핍한 삶 속에서
외할아버지 외할머니는 글을 몰랐으나
나무 아래서 전설 설화 등 많은 이야기를
외손주 사라마구에게 들려주었다

임종 때 외할아버지는 나무들을 안아주며 작별의 인사를 했다
외할머니는 초가집 대문에 앉아 별들을 쳐다보며
'세상은 너무나 아름다워, 죽기에는 너무 아쉬워'
고된 노동인 삶에도 마지막 이별의 위로를 받는 듯이 말했다

*죄는 아버지를 게걸스럽게 먹고 나서 자식까지 잡아먹은
늑대이지 이제 자네 차례구먼 할 때 예수가,
선생님은 게걸스럽게 잡아먹힌 적이 있나요?
단순히 잡아먹힌 것뿐만 아니라 토해졌다네, 율법 선생은 대답했다

무르팍 교육이 독학한 그를 종교적으로 깊숙이 들어가
사고할 수 있게 한 원동력이 되었다

*〈아버지의 여행가방〉 노벨문학상 수상 연설문; 주제 사라마구 (포르투갈)

우리 모두는 여행자 · 65

나라를 빼앗긴 설움의 눈물과 고통을
당한 자만이 제나라도 되찾을 줄 안다

헨리는 중소도시 푸우투스코에 발생한 화재를 취재하였기에
로마 대화재를 생생하게 그려낼 수 있었다

스위스로 건너가 폴란드 독립운동자금을 모으고
제 나라 문학작품을 읽으면서
잊어버렸던 고국의 향수를 담아낸다

*세상을 지배하시는 분은 네로가 아닙니다
하나님이십니다

이 한 마디가 의학을 포기하고
문학을 선택한 자의 울림이다

이렇듯 나로 인해 보이스 피싱에 대한 경각심으로
내 아이들만은 교훈을 삼으리라

*〈쿠오바디스〉 헨리크 시엔키에비치

우리 모두는 여행자 · 66

*나는 나무 십자가에서 발췌한 긴 대목에 눈물을 흘렸지
그 아이 아버지와 같이 전쟁에 나가 싸웠는데
나만 살아 돌아왔다
최소한 죽은 동지들을 대신해 보려고 애쓰는 중이다

먼저 간 친구 아들을 챙겨주는 이가 그리 흔하던가
산자는 죽은 자 몫을 얼마나 해 내는가
'아빠가 되어줄게' 그 한 마디가 얼마나 그리웠던가

전쟁이 벌어지는 고향을 향해가는 어머니를
혼자 보낼 수밖에 없는 아들과의 헤어짐
이곳에 들어올 때 우리들 모습은 어떠했는지
강물이 위에서부터 흘러가듯
어차피 부모세대는 미련 없이 떠나자

*〈죽음을 슬퍼함〉 루쉰의 쥐안성 수기

우리 모두는 여행자 · 67

*40살에 아버지 묘소를 찾아가 비문碑文에
29살에 세계 1차 대전에서 사망한 아버지가
자기보다 훨씬 젊다는 사실을 깨닫고
그 알 수 없는 아버지에 대한 이야기를 듣고 싶은 것이다

귀머거리 엄마를 혼자 양로원으로 떠나보낼 수밖에 없는
그를
어릴 때 아버지를 여읜 아들이 부모를 애타게 그리는
그를
우리는 언제 한번 보듬어 준 적이 있었던가

얼굴도 모르는 아버지를 찾아가는 그의 여정에서
세상에서 가장 오래된 것 위에
아침 이슬처럼 맺혔다가 사라질 우리들
이 많은 고아들의 설움이 서성이는데
나는 무어라 말하고 떠날 수 있을까

*〈최초의 인간〉 알베르 카뮈 (프랑스)

우리 모두는 여행자 · 68

뉴스에 휴대폰 훔친 사람을 잡고 보니
여자 남장 사기범 전청조의 아버지란다

체호프는 아버지 파벨이 쥐가 들어간 올리브유를
사제를 불러서 기도한 후 파는 아버지를 보았다

그는 초등학교 때 친구에게 첫 질문이
'집에 가면 매 맞지 않느냐' 였다

체호프는 파산한 아버지의 폭력을 보면서 자랐다
가정 폭력으로 그의 모국어마저 버리고 싶었다

*그가 죽을 때 '나는 죽는다' 고 독일어로 말했다
나이와 죽음은 어차피 오게 마련이니까

치맛자락을 질질 끌듯이 자기 삶을 끌고 오는 기분이리라
잘못을 끊을 수 있는 체호프의 용기에 찬사를 보낸다

더 이상 잃을 것도 없는데

*〈황혼〉 안톤 체호프

제 5 부

우리 모두는 여행자

우리 모두는 여행자 · 69

옛날 엄마들은 본인 이름은 못 써도
이른 새벽 정화수井華水 한 사발 떠놓고
어제도 오늘도 내일도 가족의 무사를 빌었다

사람은 글자를 아는 순간부터 근심이 시작된다고 한다
보이스 피싱 그들의 말을 차라리 알아듣지 못했다면
미장원 원장님은 용어를 알아들을 수 있어 당했다 한다

*어제는 어제에게 맡기고 오늘은 오늘에게 맡기고
내일은 내일에게 맡겨라
내게 있는 것은 오늘 하루뿐이다

운문선사 말씀처럼 생각해 보려 해도
누구는 돈이 인생의 전부냐고 말하지만
이렇게 힘이 드는 건 특히
노년의 돈이 생사를 쥐고 있기 때문이다

*〈일일시호일日日是好日〉 운문선사

우리 모두는 여행자 · 70

창밖에 까만 새가 스쳐 지나고 또 나타나는가 하면
둥근 원으로 된 염주를 묵주를 엄지손가락으로
하나씩 세는 흉내를 내고 세어 봤자 끝이 없구나

사람의 마음은 얼마나 자기모순인지
겉으로 보이는 자기 자신도 알 수 없는
*천 갈래의 선善과 악惡이 공존한다는데

모순덩어리 세상에서 본인이 믿는 종교를 의지하고
생의 마지막 종착역 실버타운에서
새벽 복도에서 오후 옥상에서까지 정신줄 놓지 않으려
워카에 의지하고 절름거리면서 노년의 생을 밀고 간다

*〈마음〉 나쓰메 소세키

우리 모두는 여행자 · 71

3천5백 년 역사 중 전쟁이 없었던 해는 고작 268년이란다
인류가 존재하는 한 전쟁은 끝이 없다는 얘기다
오늘날 한 편은 전쟁 중이고
한 편은 크리스마스 캐럴이 출렁거린다

독일이 러시아를 침공할 때 휴가를 나와 집을 찾아갔으나
폭격으로 폐허의 한 모퉁이 메모판에서
피난 가고 있다는 가족의 생사를 확인한다

글리버는 피난 떠난다는 엄마의 메모를 발견한 후
우연히 고등학교 때 여자 친구를 만난다
그녀의 아버지가 독일이 전쟁에서
불리하다는 한 마디로 나치에게 끌려갔다

사감의 눈초리를 피해 가며 그녀의 기숙사에 머물다
14일간의 휴가 중 그들은 결혼식을 치르고
나는 나 자신의 것이라 외쳐 봐도
단 2일의 연장을 신청해도 허락되지 않았다

전쟁 중 이동하는 부대로 복귀한다
창고에 가둬둔 포로들을 사살하라는 명령을 받았으나

'너희는 자유다 나가라' 고 하여도 그들은 끝내 총을 쏘고 만다

보이스 피싱 그자들도 잔액의 끝장을 보고 마는 것처럼

*〈사랑할 때와 죽을 때〉 에리히 마리아 레마르크

우리 모두는 여행자 · 72

결핵인 남편과 지중해 휴양지로 서둘러 떠나라는
의사의 지시에 위중危重한 아버지께 말씀드릴 수 없어
사채업자에게 돈을 빌려서 떠났다
아버지의 서명이 필요해 돌아가신 3일 후 대신 서명했다

온갖 일을 해 가며 돈을 거의 다 갚아갈 때
남편도 건강해져 은행책임자로 일하게 된다

사채업자는 본인을 취직시켜 달라며 남편에게 부탁하란다
평판이 좋지 않은 그를 취직시켜 줄 수 없다며 거절하자
원금보다 훨씬 많은 돈을 받은 사채업자는
위조 서명을 공개하겠다고 협박해 온다

남편을 살려낸 희생도 사채를 갚아온 고생도
남편이 보여준 행동에 나를 사랑한 것도 위선이었나
단란했던 가정도 아이들도 뒤로하고 짐을 싼다

사채업자가 공개하지 않겠다는 편지를 보내오지만
노라는 엄마 품 같은 고향을 찾아간다
돈의 무서운 위력 때문에 보이스 피싱도 생겨난 건가?

*〈인형의 집〉 헨리크 입센 (노르웨이)

우리 모두는 여행자 · 73

전투에서 공로를 세운 기병 장군
로스토프 장군과 데니스프의 탄원서를 본 황제는

*장군, 그건 안 되오!
왜냐하면 그건 법이 나보다 강하기 때문이오—

우리가 뽑은 심부름꾼은
오늘도 법 위에 당당하게 군림하며
그들이 무소불위의 권력기관이라며
거들먹거리는 면책특권의 횡포를 보라

보이스 피싱과 그들이 무엇이 다른가

*〈전쟁과 평화〉 레프 니콜라예비치 톨스토이 (러시아)

우리 모두는 여행자 · 74

전쟁의 포화 속에서
*친구 피에르는 앙드레이에게
만약 하나님이 없다면 우리도 하나님에 대해
이야기하지 않을 것이다

최고의 지혜와 진리는 우리가 마시고 싶어 하는
가장 깨끗한 액체와도 같다

이 깨끗한 액체를 더러운 그릇에다 담아 놓고
깨끗함을 판단할 수 있겠느냐
자신의 내적 정화가 이뤄져야만
그 액체를 받아들일 수 있다고 한다

*공중의 새를 보라 그것들은 씨를 뿌리거나 거두거나
곳간에 모아 두지 않는다
하늘에 계신 너희 아버지께서 먹여주신다
우리는 서로 이해할 수 없는 것이다 하곤 입을 다물어 버린다

저 어린아이도 있지 않느냐
전쟁고아 난민들을 보아라
보이스 피싱 시련에서 벗어나려 꿈틀거려 본다

*〈전쟁과 평화〉 레프 니콜라예비치 톨스토이 (러시아)

우리 모두는 여행자 · 75

*내게 머무소서, 내게 스며들어 오소서
당신의 피가 내 피와 같은 그것이 되게 하소서
당신의 심장으로 내 심장이 터져 버리게 하소서
나를 발기발기 찢으소서
당신의 침으로 입을 적시고
막대기 속에 목재가 남듯 그렇게 내 안에 남으소서

*군부통치에 저항한 아들, 임신 7개월 며느리의
아기는 우루과이에 입양되었고
그녀의 시체는 카리브해 물고기의 밥이 되었다
30년 망명생활의 피가 철철 흘러내리는 〈기도〉를 읊조려 본다

얼마나 아파야, 자책의 밤을 지새워야 하나
넌 너 스스로 잘못 하지 않았느냐
어디 내 고통에 견주느냐는 호통이 정수리를 때린다

*호르헤 비델라의 군부통치에 저항한 아들 마르셀로와 며느리 클라우디아
*〈기도〉 후안 헬만 (아르헨티나)

우리 모두는 여행자 · 76

*산짐승이 눈이 내릴 때, 먹이가 없어 내려오는 줄 알았는데
봄에 내려온다는 것은 미처 생각 못했다

아침 일찍 대문을 열어놓고, 아들에게 '콩을 까라' 시켜놓고
뒤뜰에서 장작을 패고 쌀을 솥에 안치고 마오를 불렀으나
대답이 없어 가보니 콩만 흩어져 있고 아이는 보이지 않았다

해질녘 산 중턱에서 신발을 발견하고 들어갔더니
풀섶에 누운 채 오장五臟은 파먹혀 뱃속은 텅 비어 있었다
샹린의 실수를 동네 사람들은 처음엔 동정해서 들어주었으나
차츰 그녀의 실수를 멸시하고 조롱한다

샹린과 나의 보이스 피싱이 무엇이 다르단 말인가
귀신에 홀리지 않고서야 믿을 수가 없다
주변을 돌아봐도 나 같은 바보는 없구나
창자가 문드러지도록 절이고 삭히자

*〈아Q정전〉 루쉰 (중국)

우리 모두는 여행자 · 77

– 아우슈비츠 수용소에서

비누 하나씩 나눠주며 목욕탕으로 400명씩 들어간 가스실
수북이 쌓인 여행용 가방, 머리카락 신발들, 불에 탄 안경테
어린 소년의 생체실험, 소년 사진이 벽에 걸려 있다

독일 침공은 태어나 살고 있는 유대인에게
스탈린의 반유대정책으로 교수직은 해고解雇 당하고
소아마비 병리학만 유임된 크눌프 거주居住 신청 두 번 했으나
거절당하고 미국 망명길에 올랐다

그를 지켜본 그의 신께서

*크눌프 난 오직 네 모습 그대로 널 필요로 했다
나를 대신하여 넌 방랑하였고 그들에게 자유에 대한
그리움을 조금씩 일깨워 주어야만 했다
나를 대신하여 조롱받았다

네 안에서 사랑을 받은 것이다
종교로 편 가르지 않는 신神과의 교감을 보면서
나의 손 잡아줄 신께 오늘 새벽도
무릎 꿇는다

*〈바덴바덴에서의 여름〉 레오니드 치프킨

우리 모두는 여행자 · 78

*모험을 찾아 세상을 떠돌며 악을 바로 잡고
사람들의 친구가 되기로 돈키호테는
가상의 둘시네아 아가씨에게 사랑을 바치겠다며
아무도 막을 수 없어, 라며 집을 나간다

돈키호테가 종자 산초에게 당부한 덕목은
하나님을 두려워하는 것이 모든 지혜의 뿌리다
덕을 무기로 삼아 행동하라 덕은 그 자체로 빛나기 때문이다
선물 세례나 가난한 자의 호소에 휘둘리지 말고 진실을 밝혀내라

그는 새 세상을 꿈꾸며 다니다 그가 돌아왔을 때
밀린 가정부 월급에 금화 20닢을 더 얹어 주도록 하고
남은 재산은 질녀에게 주되 그녀의 상대가 본인의 뜻과 다르면
모든 재산을 자선사업에 기부하도록 하라

산초가 지켜보는데 라만차의 용감한 기사 돈키호테는
유언 집행을 신부와 산소 클라크 학사에게 맡긴다
선과 악이 불행과 행복이 공존하는 오늘날
돈키호테가 외치는 세상은 요원한 것인가

*〈돈키호테〉 미겔 데 세르반테스

우리 모두는 여행자 · 79

나이지리아에 새로 부임한 사령관은
이그보족 최초 선교 교육받은 제임스 이케디를 족장으로
선출하고 악명 높은 술주정뱅이 도로 감독관과 한패가 된다

먼저 주둔한 윈터 바텀 대위가 원주민에게
피해가 가지 않도록 직접 설계한 것을 무시하고
집 한가운데로 통과할 것이다 협박하여
이웃에서 돈을 빌리거나 양, 염소 판 돈을 받았다

민중들이 우무아르 원로들에게 더 이상 백인의
도로를 위해 일할 수 없다면 어떨까를 제안한다
부족 중 한 사람이 나는 울루를 여행해 보니
백인에게서 도망칠 길은 전혀 없다

그들은 진정한 神에게서 힘을 받고 있고
그게 바로 우리가 여덟 번째 날 선포하는 여호와일세

식민지가 되는 건 언제나 내 발등에 있다는 것을
남에게 당하는 것 또한 내 부주의 탓이며
날마다 신종사기가 판치는 세상이 두렵기만 하다

*〈신의 화살〉 치누아 아체베

우리 모두는 여행자 · 80

어느 70세 노파의 묘비명에
'시간이 짧았다'
70년이 짧다고 여겨지는 이곳이라면
나는 8년이나 더 살고 있다

백세시대라니!
이 어인 안 될 말인가!

안락사 통과를
죽을 권리를 달라!

우리 모두는 여행자 · 81

헨리 밀러가 그리스 여행 중 찾아갔던
점술가 아람 후라베디안이 말해 주었다

*아무리 위험한 상황에서도 절대 포기하면 안 된다
당신은 열쇠가 두 개인 배와 같다
하나가 고장 나더라도 또 하나가 작동할 것이다

그 말의 소리를 따라 의지할 곳 성전을 찾아간다
내 이런 일이 없었다면 마지막 여행지 아프리카
세렝게티 초원을 돌다 풍토병에 죽었을지도 모른다

주신 이가 흩어버리면 아무것도 아닌 것을
마지막 여정을 잘 갈무리하라는 신호다
기도하는 엄마 할머니로 살라는 회초리다

나는 똑똑히 보았다
나는 똑똑히 들었다
네 것이 어디 있었느냐

*〈그리스 여행〉 마루시의 거상, 헨리 밀러

우리 모두는 여행자 · 82

치매가 찾아와 그 자존심마저 깡그리 짓밟아 버리기 전까진
사람들은 자신이 죽어 완전히 사라지는 걸 두려워한다
음악의 대학자는 손자의 재능을 발견하고
미뉴에트에 트리오를 첨가해 주었다

외삼촌은 이 마을 저 마을 장사를 하다 식구들 생일이나
무슨 때가 되면 선물을 들고 오는 대머리 아저씨다
그를 놀려주려고 할 때 그의 얼굴은 안개 속으로
서서히 사라지는 금빛 석양에 반사되고 있었다

갑자기 그가 노래를 부르기 시작했다
마치 투명한 물을 들여다보듯이 음악을 통해서
들어본 적 없는 완만하고 서두르지 않는
밤의 적막 속으로 사라져 가는 노래였다

*그 속엔 고뇌가 실린 목멘 소리로 말을 걸었다
무슨 노래야? 모르겠는데, 이 노래는 항상 있었던 거야
내 아버지의 아버지가 내가 태어나기 전부터 있었던 것이야
부르지 않고는 견디지 못할 때 부르는 곡이야

사람들은 새로운 것을 찾아 좇고 좇기어도

삶이란 강아지가 제 꼬리를 좇듯 빙빙 도는 한 세상인가 보다
신종사기가 판치는 세상에서도 옛것은 건재하다

*〈장 크리스토프〉 로맹 롤랑

우리 모두는 여행자 · 83

보이스 피싱으로 다 털려 버리고서야
들을 수 있는 귀가 열린다
편협한 내가 어찌 알 수 있었겠는가

*참된 종교는 그의 신을 사랑하도록
의무 지우는 것을 특징으로 삼아야만
오만과 절망 이 두 악덕을 고칠 수 있다

구약 신약 순서를 몰라 찾아 헤매는 내 꼬락서니
그동안 나는 얼마나 비틀거렸던가
이제 나의 神께 결합하리라

그 가운데 평안한 죽음을 기다리리라

*〈팡세〉 블레즈 파스칼

우리 모두는 여행자 · 84

– 폼페이 유물전을 보고

*고통이 가라앉으면 사랑이 다시 찾아올 거예요
저를 믿으세요

*영원한 건 아무것도 없어요
태양은 밝게 빛나다 금세 수평선 아래로 사라지고 가득 차오
른 달은
여지없이 다시 기울고 거친 바람은 결국 잦아지게 되니까요

*세상에는 수많은 재앙이 있지만 이토록 후세에 즐거움을
가져다준 재앙은 드물 것이다

*〈이탈리아 기행〉 요한 볼프강 폰 괴테
*폼페이에 남겨진 낙서의 한 구절

제6부

우리 모두는 여행자

우리 모두는 여행자 · 85

애꾸눈 사슴이 바닷가에 풀을 뜯으러 갔다
사냥꾼의 접근을 피하기 위해
바다 쪽에는 위험을 예상하지 못했다

*해안 쪽으로 항해하던 사람들이 사슴을 보고
활을 쏘아 쓰러뜨렸다
육지로부터 올 공격을 경계했지만 바다가 더
치명적이라니 사슴은 죽음을 앞두고
참 재수가 없구나 하고 숨을 거둔다

왜 하필! 강남까지, 이곳엔 찾아볼 생각도 못하고
다음날 수협으로 가려는데, 농협 직원이 안전하다 한
딸의 전언, 바쁜 너의 시간 뺏을까 봐
국민은행 것까지 농협에다 몽땅 예치하라 한 이 어리석음
5천만 원 보장 한도를 지키지 않은 어리석음

사슴처럼 생이 끝났으면 다 잊을 수도 있으련만

*〈이솝 우화〉

우리 모두는 여행자 · 86

*여우가 매미의 아름다운 목소리를 칭찬하며
나무에서 내려오라 목청이 크기도 하니
몸집은 얼마나 큰지 보고 싶다

매미가 나뭇잎 하나 던져주니
여우가 매미인 줄 알고 달려간다
매미는 여우 똥에서 매미 날개를 보고 경계해 왔다

매미는 죽은 어리석은 동료에게서 지혜를 배웠다
무수한 정보가 있었는데도 매미보다 몰랐던
이 우매함을 어찌 할까

*〈이솝 우화〉

우리 모두는 여행자 · 87

*외로우면 외로워하라
외로운 걸 억지로 참지 마라
인간에게 외로움이 없다면
그건 인간의 가슴이 아니다

악소리 나도록 환란 속에서
차마 숨쉴 수 있는 게 이상하다
어찌 고개 들고 다닐 수 있니?
자문자답해 본다

외롭다는 것도 사치구나

얼마나 아파야 상처가 아물려나
톱니바퀴처럼 물려 돌아가는 경제 논리가 숨어 있는
이 진리를
몰랐다고 홀렸다고만 할 일인가

*〈외로우면 외로워하라〉 법정스님

우리 모두는 여행자 · 88

*내려와 보시오 당신의 피조물을
어떻게 만들어 버렸습니까, 아버지?
거리에서 돌멩이를 씹는 성난 짐승 아니오?

다 털려버리고 저렇게 원망도 했다
넌 청춘도 아니다, 실직자도 아니다, 누구의 탓도 아니다
의심해 보지 않는 내 성격 탓이다

매번 다시는 남을 너무 믿지 말자 다짐해 놓고
막상 닥치면 또 믿어 버리는 이 우매함
이 병은 나와 함께 죽어야 없어지는 병인가 보다

*〈어느 실직자의 기도〉 후안 헬만 (아르헨티나)

우리 모두는 여행자 · 89

*책은 펼치는 것만으로도 유익이라 했으니
인생의 거울 같은 양서를 읽는다

나이 따라 속도가 빨라진다더니
행동이 굼떠져서 시간이 빨리 가는 건 아닌지
갈 길이 바쁜데 꼼지락거리다 하루가 간다

나훈아 가수는 다리 성할 때
죽기 전 가보고 싶은 곳, 먹고 싶은 것 다 하라고

시력이 허락하는 한 죽기 전 읽을 수 있을 때
명서明書를 읽고 죽는 게 다 늦은 소망이다

쓰고 남는 시력은 시신 기증 이미 다 해 두었다
몇 권이나 더 읽을 수 있을지…

*〈개권유익開卷有益이라〉 법정스님

우리 모두는 여행자 · 90

중학교 하교下校 때, 시냇물 소리와 나비가 날 때
밀양아리랑 문화제 백일장에, 선생님은 하루 전
나를 데리고 가셨다

*알베르 카뮈는 가난한 초등학교 때
루이 제르맹 스승을 만나 학업을 계속할 수 있었다
독학으로 알제대학 철학과에서 평생의 스승
장 그르니에를 만나 큰 영향을 받았다

수상을 양로원에 계신 어머니께 전보로 알리고
옛 초등학교 스승에게 편지를 보냈다
스웨덴 연설을 루이 제르맹 스승에게
깊은 감사의 마음을 구체적으로 증명해 보였다

그러나 수채화, 유화, 붓글씨 제대로 되는 것이 없었다
까마득히 잊었던 시詩와 글들이
60이 가까운 어느 날 향교 詩 쓰기에서 내게로 왔다
글로 토해내고 글을 싼다고 했다지!
이 힘이 큰 시련에서 일어설 수 있는 것이 아니겠는가

*〈노벨문학상 수상자 스웨덴 연설〉 알베르 카뮈 (프랑스)

우리 모두는 여행자 · 91

실버타운의 새벽 복도는 적막강산이다
문 앞에 신문이 한 층에 몇 집만 놓여 있다
우리는 그걸로 건강을 가늠할 뿐이다

뉴스로 세상 돌아가는 소식은 충분한지
시력 탓인지 사설社說까지 읽어 뭐 하겠냐며
스포츠 센터에서 읽는 이

간혹 열려진 문틈으로 집 안을 엿보아도
그저 소용하기만 한 노인들의 숙소

우리 모두는 여행자 · 92

민주주의 참 좋은 세상이라 해야 되나
새 술은 새 부대에, 라지 3년 임기까지 마친 그녀가
치욕스런 윤석열 검사 정부였단다

잔여 수명에 따라 투표권이 달라져야 된단다
언제 죽을지 아는 사람 있음 나와보거라
언론의 자유가 참 좋구나

*청년일 때 친구와 주고받은 편지에서
스탈린을 비난했다는 이유로 8년형 선고받고
11년 복역하고 범죄사실이 없다고 소명되어도
독일로 추방되고 미국으로 망명한 솔제니친

20년 망명 생활 끝내고 모국으로 돌아간 그를 보라
악법도 법이라며 최후를 맞이하는 저들을 보라

우리 모두는 여행자 · 93

전화선으로 들어온 해킹전담반이라
위장한 갈고리에 훅 걸려 버렸다
헤어나려 몸부림쳤다 죽을 수도 없었다
자살이 살기보다 어려운 것인지도 알았다

어떤 치료도 통증은 사라지지 않는다
어떤 이는 정신과 가보라는데
그것은 내 상처를 헤집는 일이다
영적으로 일어나지 않으면 해결 방법이 없다며

몇십 년 전 건선乾癬을 낫게 해 주신 나의 神께
염치없지만 그때의 손길로 잡아 달라 부르짖었다
마침 큰딸 내외가 와서 '어떠냐' 하기에
기도 후 30% 나았다 했다
부활주일 셋째 날 60% 낫더니
다섯째 날 푹푹 쑤시는 머리에 손 얹고 기도할 때

벌 날개 떨림처럼 즈즈 소리와 함께 날아갔다

우리 모두는 여행자 · 94

TV 세계기행 편에서 어부는 바다가 집이다

69세라는 이탈리아 어부에게
힘들지 않느냐 물으니 힘든 게 인생이란다

아내는 남편이 바다에 나가 며칠이고 소식이 없더라도
다른 어부들이 전해 주는 소식에 안도한다

지중해 바다에서 그물에 걸린 로마시대 꽃병 등을
정원에 전시하고는, 어부는 바다의 박물관이라 한다

다 잊자 잊어버리자
저 바다의 평온을 보라

우리 모두는 여행자 · 95

*쓸모없는 말할 시간 있으면 책을 읽어라
책 읽을 시간 있으면 걸어라, 산과 바다를 사막을

새장 속에 거울을 넣어주면
새들이 더 오래 산다고 한다

언어는 달라도 노래가 하나듯이
*헤노헤노모헤노라 말하는 사카키처럼

새가 거울 속 저를 보고 친구라 생각한 것처럼
글로 토해내며 글은 나의 좋은 희망이다

*〈헤노헤노모헤노〉 나나오 사카키

우리 모두는 여행자 · 96

*얇은 숄만 걸친 채 갑자기
넌 어두운 홀로 살며시 빠져 나갔지—
우리는 아무도 방해하지 않았고
잠든 하인들을 깨우지도 않았네

스탈린을 풍자하는 시를 썼다는 이유로
감금되고 시 원고가 불태워졌다
정신발작에 시달리다 죽음도 불분명하게 사라졌다

2심에서 형을 받고도, 여러 혐의로 재판에 불출석하면서도
국회의원이 될 수 있고, 출마할 수 있는 좋은 나라
형이 확정되어도 임기를 다 채우는

우리는 언제까지 지역에 함몰되어
야수처럼 어두운 영혼이 될까 두렵고
참으로 희한하고 편한 세상이구나

*〈얇은 숄만 걸친 채〉 오시프 예밀리 예비치 만델 슈탐 (러시아)

우리 모두는 여행자 · 97

*팔 것 있소?
팔지 않소, 팔지 않아요
내 조국을 향해 드리운 탐욕의 눈을 가져가라
당신네 운명으로 가당치 않다

세계에서 작은 나라, 삶의 희망을 잃고
스스로를 표현할 힘조차 없을 때
두려움을 달래기 위해 어둠 속에서 노래하는 아이처럼

스스로에게 자신의 이야기를 하는 것일까
약소국가의 설움을 달래보는 저 반어법反語法
히말라야 산과 하늘 바람 시인의 항거抗拒를 보라

북한에도 핵이 있단다
그러면 우리 목숨은
누구에게 의존해야 하는지요?

*〈산과 사람과의 대화〉 바오긴 락그와수렌 (몽골)

우리 모두는 여행자 · 98

*아무것도 말할 필요가 없고
아무것도 배울 필요가 없으니
야수처럼 어두운 영혼으로

김활란 박사를 박정희 대통령을 정조를
역사를 통째로 왜곡하는 후보자
대학생 자녀 앞으로 불법 대출하여 부동산 투기하는 후보자

국회의원 당선 소감에서
후보자의 부도덕을 보도한 기자를 보복하겠다는 세상

스탈린시대에 일찍이 경험한 만델 슈탐은
그 시대엔 아무것도 배울 필요가 없다고
우리는 왜 학원으로 자식들을 내모는가

노인들은 엘리베이터 없는 2층 투표장에 갈 수도 없다
걷지도 못하는 노인, 치매 노인, 늙은 우린 투표도 못한다
내 편이면 용서가 다 되는 세상
이 나라 미래가 매우 두렵다

*〈아무것도 말할 필요 없고〉 오시프 에밀리 예비치 만델 슈탐 (러시아)

우리 모두는 여행자 · 99

*어두운 단어들로 내게 말하는 사람은 누구일까
갑자기 다른 기압에 굴복한 나는 누구일까
이 둘의 공간에서 누구의 목소리가 울리고 있는 걸까

詩를 영감으로 감성으로 쓰지
왜 거기 학력學歷이 필요한가
우리는 누구도 학력을 묻지 않는다
사고思考하고 보고 느낀 것을 쓰면 된다

여기저기서 여생을 갈무리하는 詩를 쓴다
복지관에서 늦깎이 시인들이 나오고 있다

*〈나는 누구일까〉 안토니오 가모네다 (스페인)
*아도나이스 작가상을 수상하고 진보적 문화활동한 그를 공적으로 증명할 학부가 없다고 도에서는 공직을 해직시킨다.

우리 모두는 여행자 · 100

*허름한 내 공책을 펼치시더니
이 생각은 다른 사람 글에서 베낀 거지!!!
다른 사람이 흘린 땀으로

'자신의 부족함을 채울 수 있는 거니'
학창시절 그 어리숙하게 지나간 세월 앞에서 용서하세요.
저를 선생님!
다른 이의 마음과 피가 배인 아름다운 시에서 한 연은 물론이
거니와 한 줄도 베끼지 않았습니다 저는

흔히들 글은 모방이라는데, 앞선 글을 보면서 쓴다는데
시에 대해 산과 바람과 이야기하고
자신만의 詩語를 찾아내어 한 줄도 베끼지 않았다라
말할 수 있는 '락그와수렌' 의 혼魂

과연 나는 한 줄도 흉내내지 않고 쓸 수 있을까
저마다의 환경과 자신만의 영혼을 노래한 앞선 명서明書들
그들의 혼이 담긴 詩를 읽는 것으로 족하다

*〈나는 한 줄도 베끼지 않았다〉 바오긴 락그와수렌 (몽골)

이희숙 시집

실버타워 사람들 II

– 우리 모두는 여행자

•

지은이 / 이희숙
발행인 / 김영란
발행처 / 한누리미디어
디자인 / 지선숙

•

08303, 서울시 구로구 구로중앙로18길 40, 2층(구로동)
전화 / (02)379-4514, 379-4519
Fax / (02)379-4516
E-mail/hannury2003@hanmail.net

•

신고번호 / 제 25100-2016-000025호
신고연월일 / 2016. 4. 11
등록일 / 1993. 11. 4

•

초판발행일 / 2024년 7월 15일

•

•

값 12,000원

•

※잘못된 책은 바꿔드립니다.
※이 책은 용인시 문학창작 지원금의 지원을 받아 출판되었습니다.

•

ISBN 978-89-7969-892-5 03810